LOCUS

LOCUS

LOCUS

LOCUS

catch

catch your eyes ; catch your heart ; catch your mind......

catch 120

夏天來的時候，我會想妳

作者：周瑞萍

責任編輯：李惠貞

美術編輯：楊雯卉

法律顧問：全理法律事務所董安丹律師

出版者：大塊文化出版股份有限公司

台北市105南京東路四段25號11樓

讀者服務專線：0800-006689

TEL：（02）87123898　FAX：（02）87123897

郵撥帳號：18955675　戶名：大塊文化出版股份有限公司

www.locuspublishing.com

總經銷：大和書報圖書股份有限公司　地址：台北縣新莊市五工五路2號

TEL：（02）8990-2588（代表號）　FAX：（02）2290-1658

製版：瑞豐實業股份有限公司

初版一刷：2006年9月

定價：新台幣240元

Printed in Taiwan

夏天來的時候
我會想妳

Rae

眼睛裡住了許多小精靈

陸蓉之

瑞萍，是我在朝陽科技大學擔任視覺傳達設計系主任時代，第一屆的學生。

我們習慣叫她：小孩。她和星星是班對，也是班對裡少數從頭走到尾，最後走上紅地毯，有始有終，真情相待，結成正果的一對。

朝陽視傳一期的學生，都像我的兒女一般，那時我隻身在台，又是我好不容易才找到的第一份工作，所以非常認真地守著我的學生，我和他們都住在同一棟宿舍大樓裡。實質上，我和他們是真正的所謂朝夕相處。

和小孩，我們情同母女。

自從他們畢業以來，我離開了朝陽，也離開中部，但我和小孩與星星之間的聯繫，卻從未間斷過。

收到他們寄來的喜帖，我特地去了他們在家裡辦的婚禮，也一直陸續分享著小孩的創作美果，流覽她的網頁，在e-mail裡聆聽她的心情。個子小不點的她，還好有位高高大大又非常善良的星星懂得她，他像一個大哥哥一樣，守衛著她。他們的愛情和婚姻本身，有一點王子與公主終於手牽手永遠過著美好日子的味道。

小孩喜歡畫畫，我是說認真畫，想當畫家那種真正認真在畫。

我沒有忘記，我當時在校園裡是如何鼓勵瑞萍去畫她自己想要畫的風格，還和她一起編織有一天她會成為繪本藝術家的美夢。一路走來，瑞萍的畫，不論什麼題材，她總是畫得可可愛愛的，她自己就像個永遠長不大的孩子，眼睛裡住了許多小精靈，畫裡面有很多奇奇怪怪想像、夢幻和憧憬的那一類東西。她的文字，像自白，天真、無辜，古靈精怪，有時內容又顯得很容易受傷害的樣子。總之，她的敏感和詼諧，是她創作最大的資源。

一隻手畫畫，一隻手寫作，雙手萬能的創作者，其實是不多的。能畫又能寫，是全腦型作家，這也是幾米除了他的才華與風格以外，另一點使他獲致巨大成功的原因。

雖然「周瑞萍」，目前在畫壇還是個相當陌生的名字，但是她獨特的人物造型，可愛的，和那屬於女性特有的纖細和柔情萬種，會使她一出場就電到了許多有情人。

　　近年來，我經常穿梭兩岸，奔波於教學和策展工作，在以往的忙碌上，倍加忙碌。可是我和小孩，電子家書不斷。

　　知道她出了書，她的作品入選了波隆納的插畫展，也邀請她參加了我在杭州、上海策劃的國際展。現在，小孩又有新書要出版了，而且是惠貞做的書，她們倆的聯手，我知道，繪本世界，一顆新星升空了！

　　上課的時候，我常說，我們絕大多數人，生來註定是庸庸碌碌的庸才，只有天才，一定是上帝的禮物。

　　那麼，很努力的天才，就是上帝的禮物還附加了保險。

　　作為瑞萍昔日的指導老師，一輩子的親人，獻上我的祝福，是我最真誠的禮物，還附上終身的保單，因為小孩一直很努力。

　　但是，一本好的書，要靠讀者來肯定，小孩、惠貞，加油了！

一個美好的開始

黃淑英

　　瑞萍是我第一年教書時的學生，印象中那時的她，小小的個子戴著一副眼鏡，總是安安靜靜地，沒有什麼聲音……。但是記憶裡她的作品色彩總是豐富而多彩，並不是特別鮮艷、濃烈的單純原色（學生們總懶得調色，喜歡顏料管一開就塗上畫面），而是沉穩飽和多層次的色調。讓我印象非常深刻的，其實不只有顏色，各式各樣的作品也有她獨特的想法在裡頭。後來她告訴我，想往插畫這方向走，我說很好，但這是一條漫長艱辛的路。

　　這麼多年過去，教過好多的學生對插畫有興趣，也有好多的學生說想走插畫這條路，但是現實的壓力，或者是個人種種的因素，能開始創作的很少，撐得下去的更是寥寥無幾。大部份已畢業的學生只是在過年的賀卡上告訴我關於上班的無奈與無趣。但只有瑞萍，每一年我看到她的堅持和方向，都是以一種對插畫不滅的熱忱支撐著，一步一步走向她自己設定的目標，多麼不容易啊！

　　很驕傲能為這樣一位優秀的學生寫推薦文，她是我鼓勵學弟妹們最好的範例。瑞萍加油！雖然這只是一個開始，但也是一個美好的開始。

自序

當我正在思考如何將漂亮的土耳其藍放在橡木色鳥籠時，小鳥在鳥籠中跳上跳下雀躍著，她以為我要來陪她玩吧。後來我將土耳其藍的寬口杯碗放入籠中，她馬上跳到裡頭坐著，那模樣真是可愛極了。她以為可以在新澡盆裡泡澡，便坐著假裝在洗澡。

她假裝的樣子很天真，好像要我快點放入洗澡水。她很想洗澡的感覺，彷彿好久好久沒洗澡一樣。其實只有一天沒洗。

看她洗澡的心情，讓我想起Vi，好像只有一天不見而已（她已經當小天使一年了）。或者說就像我一天沒畫畫沒有思考沒看書是一樣的，渾身不舒暢。於是我隨身帶著筆和本子或者一本一個月都讀不完的書，讓它們給我無限的空間做無限的想像。

這本書的出生也等於將我對Vi的思念落上句點，不過我對她的愛目前只是逗點而已喔，將來也會是……點不完的。因為有她來做起點，而使得我的創作更精彩豐富。

這本書能順利完成非要感謝編輯惠貞的細心不可，更要感謝陸蓉之老師的引薦，在這一路上她默默地等著我前進。也謝謝酷分仔的Lily引領我走過那充滿疑惑的路口，讓我可以充分地發揮自己。

更謝謝大家（我認識或不認識的朋友）的支持與鼓勵。

Rae

當我認識她之後，

才學會讓自己的心自在地飛揚，

在雲的上端 。

第一次見面

今天要回去爸媽家喔！我把大鳥籠的門打開，因為要出遠門所以只好用小鳥籠帶著她。小鳥很膽小，尤其這種從小被人類飼養的小鳥，一到外面她就會很慌，亂飛亂跳的。若不用布把籠子蓋住是不行的。於是我找來一塊紫色的方形布罩，上面還繡了小花和一隻機器鳥的造形。這就是她的外出裝備。

在家裡Vi的房間（大鳥籠）也做了一個布罩。這個布罩是用一條黑色裙子做的，裙底還襯著花朵。可愛又女性化的裝飾說明了她是一隻母鳥，可是我卻一直把她當成一隻調皮又可愛的公鳥來和她相處，還取了一個很男生的名字叫大衛（Davied），並且很故意地用西班牙語發音。叫了一年之後，阿鐵直覺我的Vi肯定是隻母鳥，因為體形較一般同種類的鳥要小。於是我改暱稱她為──Vi。

當我躺下來時就會想起她，
想她會在我身上的什麼地方休息，
肩上、手上、頭上、胸前，甚至腰間、腳丫子，
不管她停在哪裡都好，
我想她，希望她出現，
愛做什麼都好。

阿鐵從小就喜歡在田野間和山丘裡玩耍，有一次他發現一個鳥巢，裡面有三顆蛋。根據經驗，他知道那些蛋已經快孵化了。觀察了幾天，小鳥果然誕生，連眼睛都還沒張開！但此刻母鳥也發現了阿鐵。在這種情況下，母鳥通常會絕然地拋棄雛鳥。於是，阿鐵一舉帶走了還嗷嗷待哺的三隻小斑紋雀。

我因為工作的關係，總是一個人在房子裡，悶得慌的時候就打掃家裡，拖拖地洗洗這洗洗那。沒有說話的對象，就打電話去吵人。那種時候若問正在上班的人「忙嗎？」真是很欠揍的問候。但我還是打給看似很忙其實不一定忙的阿鐵。

「妳的叫聲真好聽。」

「咕嚕嚕……呱啦啦……嘰哩哩……不論我唱什麼都好聽嗎？」

「是啊！」「妳真好。」「只要妳開心就好，因為我是媽媽喲！」

還好有她，我體會到當媽媽的愉快。

我告訴阿鐵很想養一隻朋友的流浪狗，雖有缺陷，但我真的很喜歡，而且是我最愛的米格魯。他馬上跟我說「妳瘋了，妳根本不適合養狗！
第一，在公寓養狗不但會吵到鄰居，還會讓狗很自閉；而且米格魯是一隻『蕭告』（瘋狗），以前家裡那隻湯姆就是米格魯哇！第二，妳那麼
怕髒，又會鼻子過敏，根本就不適合。」他說的我都無法反駁。
他還說了很多我很難克服的地方，最後他才說若真的想養就養鳥吧！小鳥又好整理又不影響別人。結果沒原則的我三兩下就改變心意了。於
是我養了生平第一隻寵物，一隻小鳥。

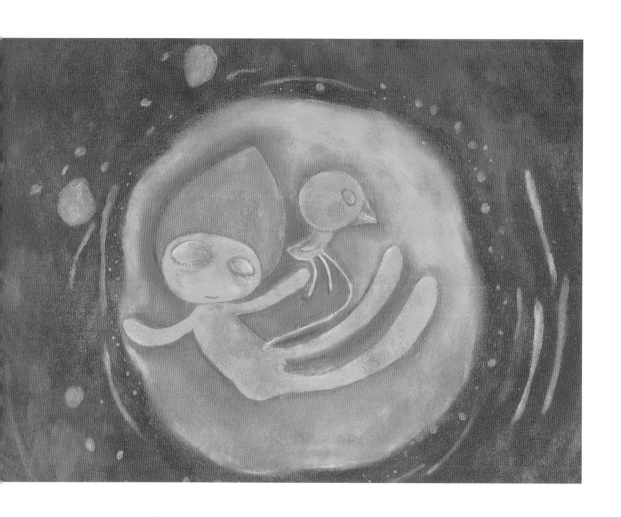

我們之間

最直接的方式就像這樣，

敞開心中的門，邀請對方進來，

享受在心中安靜的舒活，無可取代。

一起玩嘛

回家後，我很小心地注意著Vi的一舉一動：她在家裡自由自在地飛著，一會兒到廚房裡繞一圈，一會兒又停在冰箱上，一眨眼她又停在落地窗簾桿上。她的飛行技術不好，總是以離地面1.2公尺的高度上上下下地飛著，就好像我們以蹲跳的方式前進那樣，好好笑喔！這不能怪我，我實在無法幫助她飛行呀。

Vi小時候，星星為了訓練她飛，便將她握在手中像玩大怒神般急速地往上拋，「一、二、三，飛！」Vi好像也樂此不疲。但我很怕他一失手會把她甩上天花板，小鳥可是很脆弱的。所以，每當星星在和Vi玩拋鳥遊戲時，我總是一邊笑一邊罵。Vi則是一被拋出去就往前飛行，並馬上折返停在我肩上。我成了她的折返點，中繼站。

看到她胸前一鼓一鼓地蹦蹦跳，相信她一定感到很刺激，因為她喘個不停。可是她接著會馬上忘記剛才的恐懼，像上癮似地又飛到星星的手背上跳來跳去，好像在說「我要玩，我還要玩！」

「下次別再這樣了。」我私下做了一個很慎重的決定，就說下次再犯便罰我見不到Vi吧。我許下了一句很不負責任的誓言。

「今天要去潭內。」「我也一起嗎？」
「那當然。」「那妳拿小籠子做什麼？」
「把妳裝起來呀！」「送給別人嗎？」
「看妳的表現囉！」「啾！」
其實很多時候我猜測她的想法
就像你猜測誰那樣。

我知道妳在那裡

雜貨店裡陳設著又舊又不起眼的貨，酒櫃則是伯父家不要的二手貨，木製，共有5層收納。

就從最底層說起，這一層放著有香煙啊舊報紙什麼的，紅白相間的塑膠袋子，或者是半斤、1斤的透明塑膠袋。本來是有拉門的，還可以遮雜亂，後來軌道壞了便把拉門拆下來挪做他用。

第2層是抽屜，抽屜底部薄薄的夾層板有點脫落了，不過卻也塞滿了可用或不可用的雜物。第3至5層是木板，由鋁製支撐架托住，由於上頭的酒瓶量太多，以至於木板已被壓出一條像微笑的弧線。最頂層則放著一箱箱的「尖山米粉」。

眼花撩亂的牆面除了進門的那一面，另外兩面也用軍綠色的洞洞鐵架塞滿了貨。Vi和她的小鳥籠就被藏在這三面都是貨的牆邊。那小小的方籠子放在琳瑯滿目的貨堆中，還真是不容易發現。

妳也想喝口熱湯嗎？來！慢慢喝別讓熱湯給灑了。

不過話說回來，我對妳的愛就不同於這湯了，

即使灑了我也在所不惜。

大家以為我一定會忘記她，也不提醒我。但當我走出店門準備回台北時，馬上想到我的小寶貝。我回頭找她卻遍尋不著（我心想肯定是有人捉弄我而將她藏了起來），大家開玩笑說找不到就別帶回去了。我有一點著急卻又期待她別讓我漏氣才好，我試著像平常那樣喊她的名字。「Vi，在哪裡？」「啾！」她簡潔的回應，真令人心疼，卻又有說不出的開心。

從那一刻起我真以她為傲。爸爸說：「教有起喔！」（台語說教得不錯的意思。）其實我並沒有特別教她什麼，都是順其自然地。每次帶她出門，即使有布罩著籠子她仍然很驚恐，但當我輕輕地喊「Vi！」，她就會俐落地「啾！」輕聲回應我，好可愛，好貼心。

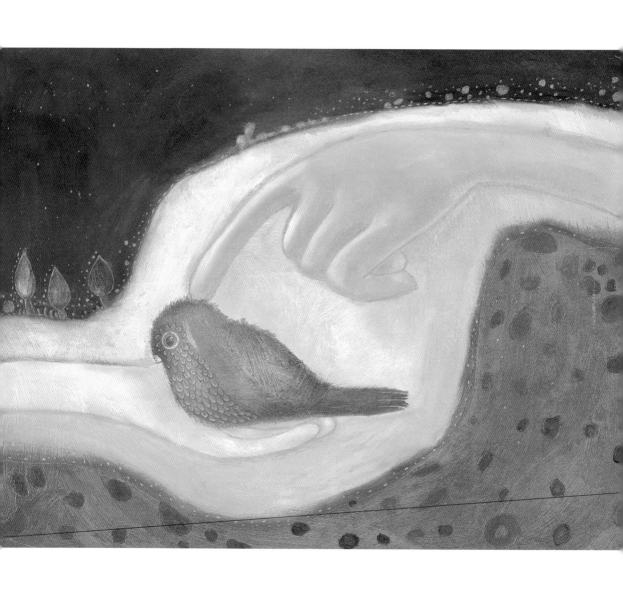

「妳怎麼了呀？」
「我也不知道我怎麼了，
請妳給我溫柔的撫摸，輕輕的喔。」
「這樣可以嗎？」
「嗯！就是這樣像在深藍色的星空下，感覺真舒服。
我真的不知道我怎麼了，
但我現在就是要這樣。」

好喜歡妳

Vi的外表是素雅的棕色，腹部有灰白色和灰棕色的斑紋相間。Vi的沈靜色調，我很喜歡。

每次一到了Vi換毛的季節，我就會收集很多掉在地上的羽毛，她的羽毛就像走在山徑上發現了一朵可愛的藍色小花般令人驚喜。但每一次的驚喜都令我為她感到不捨。

她的身體會因為要長新毛、褪舊毛而感到不適，看她吃力地用喙在自己身上抓癢真的很辛苦，有時候是一些她自己不太容易搔得到的地方，例如背、肚子、尾巴後面。自稱是她的媽的我，卻幫不上忙，最多為她更換澡盆的水，或者輕撫她的身體。此時她的模樣真是令人心疼極了，活像隻流浪鳥，身上像得病一般，羽毛都不濃密，真的好想可以用力抱抱她，可她卻是一隻小到兩根手指抓著都嫌多的鳥兒。

「我不想住在水之外啦！」

「妳在說什麼，妳是小鳥，在水之外非常理所當然。」

「不要，我想當魚。」

「……其實有時候我也滿想當魚的。」

那兩個是瘋了嗎？我們才不想當魚呢！

「我必須要畫圖，妳可以自己玩嗎？」

「不要，我也想畫圖，妳畫什麼我就畫什麼。」

「跟屁蟲！那我不畫了。」「隨便妳，我也不畫了。」

偶爾盲目的跟隨好像是一種幸福的狀態，

我們彼此享受著這盲目的幸福。

Vi天性溫和，可以算是隻嫻靜的鳥。當我在畫圖時她會在一旁自己玩耍，玩到無趣時才回來鬧我。

她有時會跳到筆桿上，雖然說這樣並不增加我畫圖時的重量，卻也害得我無法專心。她開心地在筆桿上來回跳著，「喔！很煩耶，去別的地方玩啦！」這話惹毛她了，她索性跳到我的眼鏡鏡架上，擺明就是不讓我畫圖。我只好站起來到客廳走走，她這才順便飛到她的房間去吃吃東西喝喝水。

原來是要我陪她，真會來這一套！不過話說回來，她的搗蛋也讓我能適時站起來休息一下，好像在暗示我別忙著工作忘了休息。

Vi真是貼心。我真的很慶幸有她在。

「啾！啾！」
「呵呵，妳模樣真俏皮。」
「才怪，糟透了，別這樣盯著別人的糗樣子啦。」
「可是妳這可愛的模樣真討人歡喜。」
我覺得在親愛的人面前獻醜也是一種討好，
別害怕給我妳的好。

有時候她用那圓滾滾的棕色眼球看著我對她說話，我感覺她都懂。如果我讓她飛回大自然，肯定對她是件殘忍的舉動，她有可能不懂得如何和同類溝通。食物對她來說更是個大問題。就算給錢也不見得買得到她喜歡的小粟米。

我總是這麼多餘地擔心著。

有一次，我曾經對她說：「Vi，如果妳想出去闖一闖我會答應讓妳去，但是千萬要記得回家的路喔！如果在外面累了記得回來；我們家在3樓，整個青年社區裡只有我們家沒裝鐵窗，陽台上我也會隨時放著妳喜歡吃的東西，冷氣窗上有上次我和星星去烏來溪邊撿回來的石頭，落地窗上掛著美克斯去墾丁帶回來的貝殼風鈴，妳最喜歡躲的那個呀！知道嗎？！」

她靜靜地看著我，不知道她心裡是不是誤會我不要她了。

第一次的經驗最刺激，

回憶起來最令人回味，

美麗的花朵會隨著記憶的軌道綻放，美得咧。

我將軌道上的花朵獻給她當作永久的紀念。

被發現了

晚上9:00以前可以將垃圾拿到社區的垃圾場去，途中會經過中庭花園和警衛室，警衛室之前還有個小小的人造河。晚班的警衛親切又風趣，去倒個垃圾也要話家常。右拐處就是子母車和廚餘桶子，另一邊是資源回收的分類桶子。Vi陪我去過一次。在跨出門的那一瞬間，我突然覺得我好像比她更緊張。我輕輕叫了她，她應了一聲。我想先前交待過了，她心裡該清楚吧！出門要小心才是。

我小心翼翼又忐忑不安地走著，這段中庭的路只需要30秒就能走完。在經過警衛室時，她又很機靈地換了邊。「ㄟ！啊那五焦啊？」（怎會有小鳥？）我笑了一下，很快速地丟了垃圾，再小跑步回家。在往回走的中庭路上，Vi好像認為自己經歷了一次小冒險，歡欣地在我身旁一上一下地飛著，到了樓梯口她還很了不起似地順著樓梯飛上去。我也很高興，但當我跑到家門口才發現那小調皮飛過頭了，我在樓梯口喊了她，她應了一聲才從樓上飛下來。我們倆興沖沖地回到家，我急著告訴星星，她則樂得在客廳繞圈圈。

啊～好懷念。

「呼～夏天真要命！
既不能脫掉羽毛，也不能剃光頭。
雖然我也打赤腳，但還是熱。
電風扇也讓我吹一下。
不過，站在對的角度很重要，
大姆哥借我站一下。」

傍晚，送走太陽的風從後陽台吹進廚房，好涼快。我在流理台放了水，裡面有蘋果、蕃茄、蘿蔔、小黃瓜，還有菜攤老闆送的蔥，以及半棵高麗菜，這些青菜將成為晚上的零負擔晚餐。Vi先是站在料理台上觀望，一會兒又飛到水龍頭長長的出水管上，等水滿了，她就在蔬果上跳來跳去，自己一個玩得開心。

自從我養了Vi，爸就不再說我沒愛心了。以前因為他養的小狗、小鳥等小動物都不愛整理，因此我很憎惡他的小動物，才會落得被冠上「沒愛心」這樣的頭銜。起初，我在養Vi時，爸和阿鐵還擔心我會把鳥搞死了，三天兩頭撥電話過來關心。現在，一回老家爸還是會問「妳ㄟ焦啊！起料安怎？」(妳的鳥養得如何)我們因此有聊不完的話題。

這就是所謂的「同好」吧！我跟爸爸和阿鐵一輩子的交集竟然在小鳥身上，也算得上是好事一件吧。

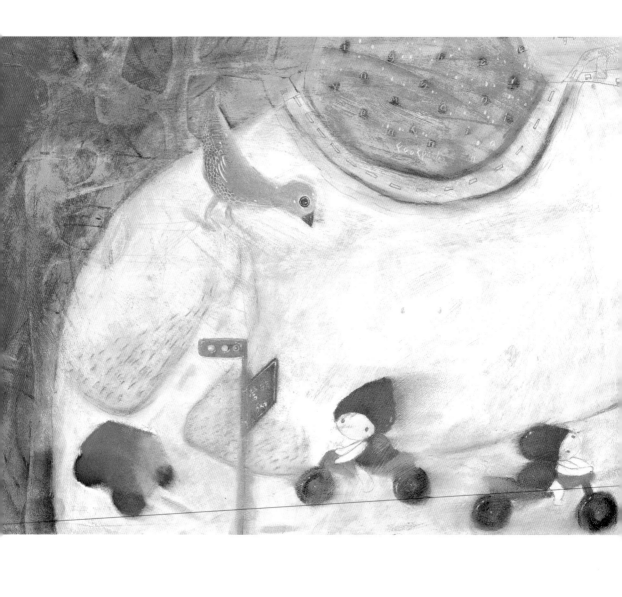

「妳去哪兒，我都要跟。」

「就算毫無目的亂竄也跟嗎？」

當然我的人生也不是毫無目的地前進著，

但是我真心高興有她跟隨，

不論目的地多遠，不論目的地是否令人期待。

有陽光來訪的天氣，我都會把Vi連同鳥籠拿到陽台的盆栽旁和植物一起行光和作用，接著我便悠閒地到市場去買東西、去銀行辦事、到郵局寄寄郵件。回家累了我會先到房間休息一會兒，雖然一直有聽見Vi的叫聲但我並不以為意。下午畫完圖準備晚上和星星去吃飯，晚上回家時外面下起小雨了。

她被我遺棄在陽台一天，就像是一種處罰。

當我回到家時，她很努力叫著，讓我趕緊去解救她。一打開紗門，她便開心地飛進來，在家裡上上下下瘋狂地飛了幾圈。

我急忙為自己的粗心辯解，她則是啾啾叫個不停。「對不起我以後再也不會這樣了。Vi妳好棒喔！門沒關好妳也沒飛走，妳真心想和我們在一起吧！以後我不會再說妳想出去就走吧，不管去哪兒我都要帶著妳，好嗎？」……

「啾啾！」

冬天，最適合釋放體溫將熱度一併放在浴缸裡，

分享給彼此，越熱越過癮。

經過那一次經驗，每當我的腳踏出門外，原本停在我肩上的Vi就會飛回房裡，飛到與陽台的落地窗正對著的冰箱上，看著我洗陽台洗拖把直到結束，真有趣。

有時候我上個廁所甚至洗澡她都要跟，既然這麼愛跟就要整整她跟她玩一下。我拿起蓮蓬頭往她身上噴告訴她該洗澡了小姐，她就躲到角落去（有時躲在洗手台後有時倒掛在毛巾後），有一次甚至滑到馬桶裡，自己還嚇了一跳，不過倒也很機靈地馬上飛躍起來，真可愛。

不過這次她可生氣了，飛到我的肩上，用力地啄我的肩膀，跳來跳去啾啾叫。我說「好痛喔，對不起啦，妳生氣了喔？」「廢話。」她啾啾地叫著似乎這麼回答。

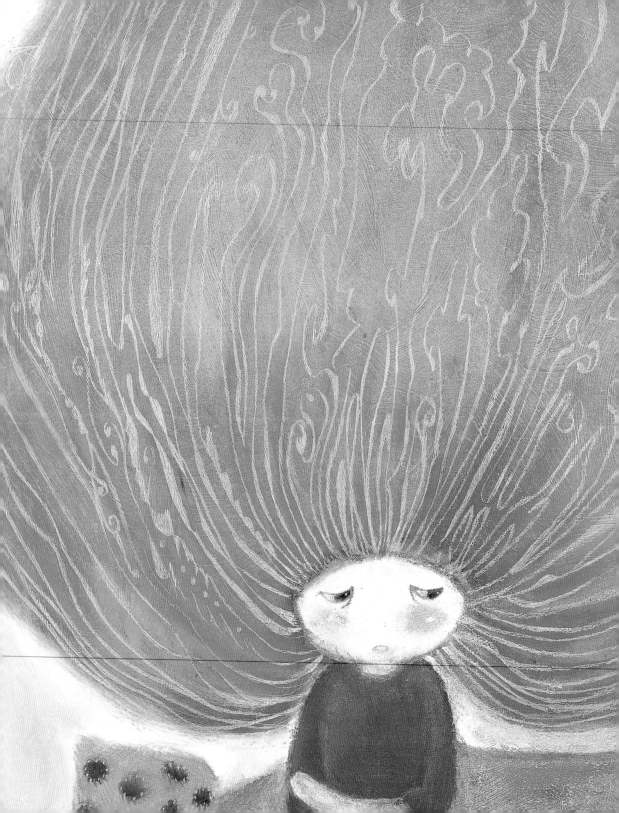

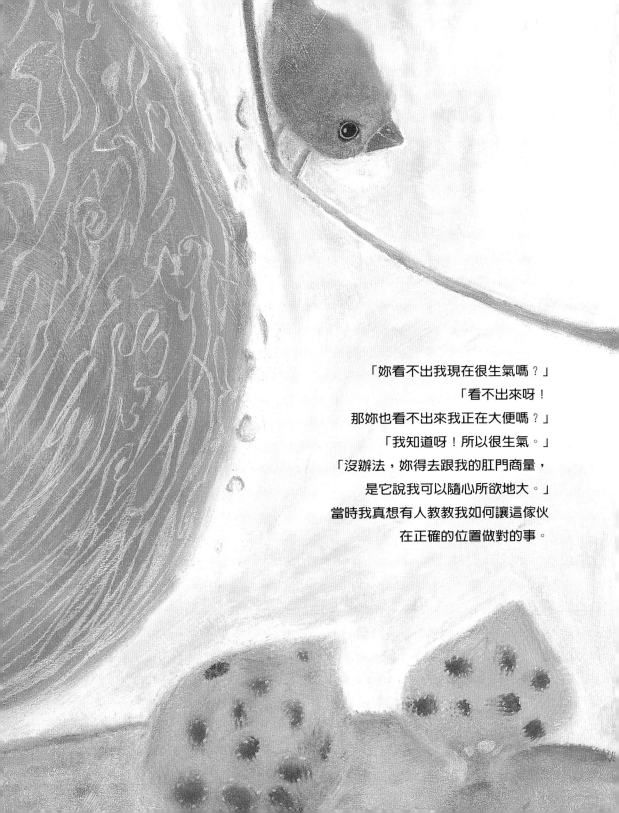

「妳看不出我現在很生氣嗎？」
「看不出來呀！
那妳也看不出來我正在大便嗎？」
「我知道呀！所以很生氣。」
「沒辦法，妳得去跟我的肛門商量，
　　是它說我可以隨心所欲地大。」
當時我真想有人教教我如何讓這傢伙
　　在正確的位置做對的事。

有時這樣，有時那樣，

雖然外表一直在變，

但我的心，可沒變過，

尤其對妳。

沒說要走

那天晚上，剛開始Vi在哪裡玩的，我記得很清楚，她就蹲坐在我大腿上，我正忙著準備小禮物、寫卡片。一會兒她飛到桌上，跳來跳去的，我問她是不是很無聊，她便跳到我的左手心裡。我的「左手」像是一隻小狗，右手在忙著寫字的時候，它會一付無所事事地趴著待命──手心向下，手掌微微鼓起。Vi就像鑽到被窩那樣，到我手心裡撒嬌。我輕輕碰觸她的身體，因為正值換毛季節，她特別脆弱敏感。

我當時的感覺是想好好疼她，心情很愉悅，真慶幸有她，她愛撒嬌的個性真的很惹人愛。同時也感覺到她的體溫。可是我怎麼也沒想到那是最後一次。

一會兒星星進門來問「Vi呢？」我鬆開手告訴他在這裡撒嬌啦！星星向Vi示意要去客廳吃哈密瓜，Vi便輕輕地從我眼前上上下下地飛走了。

我當時心中有一股溫馨，可是卻悄悄隨著她飛出去了。

之後我便忘了注意她，在工作室忙完之後，還曾試著找了她一會兒，當時找不到，我心想一定又躲到廚房或者她的秘密基地了。（當時根本也沒看到她，可我卻也很大意沒繼續找。）

「救命呀！快救我啦！」

「好啦，妳到底是害怕黑暗，還是害怕蟑螂？」

「我都怕啦。」

「這就麻煩了，妳沒說比較怕哪一樣，我不知怎麼救妳呢。」

「其實我比較怕書啦！」

哈哈，有時最可愛的東西卻變成是惡魔的化身，沒道理都變有道理了。

Vi曾有一次玩得過頭掉進垃圾桶裡，因為桶子裡裝了很多廢紙，她平時就對塑膠袋、紙類很感興趣，誰知她卻被最熟悉的玩具給害了。

「啾！啾！」叫個不停，聲音急促，很顯然是求救聲，我找了很久才發現她掉在垃圾桶裡。我救起她之後她驚神未定地直發抖，接著跳到我的肩上，躲在我耳朵後的頭髮裡，又撒嬌了！

天氣冷的時候，她最愛躲這裡了。冬天冷得受不了時，她一定會躲在我耳後和頸肩相連的位置，兩者互相取暖的感覺真微妙。

而現在正是盛夏，她不會來這裡，也沒有啾啾叫的聲音，應該不會發生什麼事。

我和星星在客廳的椅子上看電視，看著看著我們玩了起來，一時玩得過火了便忘了Vi到底是在廚房還是廁所，或者根本就在客廳某處。

「我在思考。」
「為什麼？」
「當腦子在沉澱時，就適合思考。
　　　思考的時候尤其怕吵。」

我們正想要去睡覺時，我突然感覺到不對勁，客廳的椅背及椅墊交界處好像有如Vi形狀的物體，是橫躺著的。我靠近一看「啊！」地叫了出來，一時之間不敢碰她，我蹲在地上，心裡急得直喘氣，我只要心跳急速加快便會這樣，感覺自己好像會在瞬間死掉。

星星此時本來在房間裡，他聽見了我的叫聲走出一看，也不可置信。我們驚訝地說不出話來，隨之輕輕將她放在手掌上，我要星星摸摸看還有呼吸嗎，「怎麼辦？我知道的唯一一家獸醫院、有在幫小鳥看病的醫院，在很遠的市區。」

我不停地哭，歇斯底里地想救她，可是已經回天乏術了。我開始怪起星星，責問他為什麼不幫我注意她，我發現她時，是在拿起星星坐著時的靠墊下，而我們剛還打打鬧鬧玩得起勁。她是在這樣的情形下被忽略的。

我真的很對不起她。我不停地流淚看著她，我心裡想這一定是在懲罰我的粗心。當時腦中馬上浮現，曾經為Vi擔憂過的未來居然提前發生。

我曾經擔心過將來生小寶寶Vi會不會吃醋的問題；我也擔心她生了什麼病在痛苦時我將會一點辦法也沒有；我還想過要帶她去海邊、去爬山，出國時也要帶著她；我想過她如果死了，我該怎麼個悲傷的方式，像在想劇本一樣地想著。

「妳要到哪兒去？」

「我想到彩虹的那一端。

彩虹不就在晴空萬里間嗎，為何妳飛到黑暗的世界來，

這裡的彩虹，並不適合妳。」

當我不得不妥協外在的環境時，那代表著什麼？

Vi在這樣一點徵兆都沒有的情況下離開我們。當時我正在畫2006年的月曆圖，前幾個月的圖都是開心的Vi和小Rae。到後面幾個月我畫了我的願望，我期待她再回來的願望，用圖畫記錄我們的約定。

奇蹟似地，11月我意外地懷孕了（Vi在7月底離開我們），心中頓時感到踏實且開心。從2005年7月到11月，我的人生充滿了許多具紀念性的事，8月阿鐵又馬上抓了一隻綠繡眼的幼鳥來，不過比起剛出生的Vi，當時來的Mitoly大很多啲！Mitoly幾乎可以自己吃飼料。

10月我們搬離住了3年的公寓，並且和星星買了生平第一間「我們的房子」，11月是結婚4年第一次懷孕。

Vi就要回來我身邊了，我非常興奮。

人生在此刻應可稱得上幸福美滿了吧！

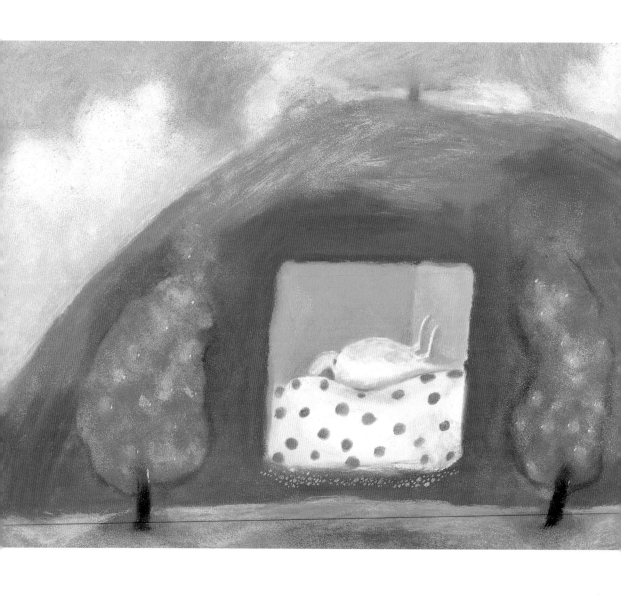

「就這麼睡著了，好嗎？」

「應該也沒什麼不好，因為我玩得累了。」

「可是妳這麼一睡就不再醒來，而我卻會為此而睡不著……」

「剛好讓妳有機會好好把我想仔細想透徹呀。」

記得回來喔

有Vi在身邊的日子裡，為我帶來了許多作畫的靈感，也為我單純的內心添加了非常多的愛，因為她教我學會如何付出。一直以來我總是在接受，卻沒真正為誰付出過，我可以說是個無知又可悲的自私者。

Vi的出現使得我的無知覺醒，頓時我的可悲也變得可愛，除了無法訓練她定點大便是一大憾事……此外，她可以說是個無可挑剔的孩子。

我好愛她，我們一定會再見面的，在聖誕節來臨之前……

給Vi的一封信

嗨嗨，Vi妳好嗎？我雖然過得還不錯，可是有時想妳想得狂，大概是新來的小鳥Mitoly太淘氣了。平常妳總是安安靜靜地陪著我，Mitoly就不一樣了，她可活潑的，跳來跳去（在鍵盤上），一下飛到客廳一下飛到工作室，一會又飛到廁所。總是停不下來。

（剛說到鍵盤我想起有一次妳在的腳卡在鍵盤的縫裡，妳痛得吱吱喳喳亂叫一通，呵呵。）

Mitoly喜歡站在高處，像是窗簾的上方、廁所的浴簾桿子上，或者書桌的檯燈。她從來不在桌子上玩耍，屎拉得到處都是，這一點倒是跟妳很像。

昨天Mitoly停在我肩上，吱吱喳喳地說了很多話。我知道我最近太忙了，都把她關在籠子裡，又沒放音樂陪她，她是在對我發牢騷吧。

以前，妳也會這樣的。但妳溫柔多了，愛撒嬌常常一下站在我的肩膀上、一下頭上、一會兒嘴唇上，怎麼樣也不肯走。

妳有時候還會跳進我手心裡要人家抱妳，到現在想起來還彷彿感覺得到妳的體溫。

妳記得嗎？第一次遇到寒流時，我們為妳買了一盞輕巧的小燈，漂亮極了。日夜為妳開著那黃色的溫暖的燈。晚上我回到家妳已經自己打開鳥籠，飛出來停在鳥籠頂，靠近燈的位置取暖，真可愛！完全不用我操心。

　　Mitoly就不一樣了，她比較被動，關於思考，她一點兒也沒興趣，所以她不會花時間去想該怎麼解決令她不適的問題，即使冷到兩眼發直，全身羽毛聳立，就像一隻胖小鳥。

　　我真的好想妳，妳記得嗎？大冷天的，妳最愛藏在我的頸間，剛好有中長頭髮蓋住，有時候再披上圍巾，這個位置比暖爐或燈都要暖和，對吧？

　　Mitoly就太獨立了，她不喜歡靠近我，除非家裡只剩下我一個人。她比較喜歡找星星，總是在他身上跳來跳去，搶著吃他的食物。拉屎時，倒是會記得來拉在我身上！真是把我氣炸了，可是又能怎麼辦呢？我想她是在懲罰我吧！

　　懲罰我對妳的愛。在我心裡，她永遠不及妳。縱然我知道我不該如此，卻忍不住。妳願意讓我愛她像愛妳一樣嗎？有時候她孤單地叫著，像在唱一首悲傷的歌曲，那一刻，我真的對她感到抱歉。我很想告訴Mitoly其實我也想好好愛她，但我還需要時間。

　　上星期，我和星星到上海去5天，將Mitoly寄放在阿鐵那裡，寄住了10天。當我從上海回到家後一時沒聽到Mitoly的叫聲，突然好想她，原來我已經很習慣有她了。那個週末星星去加班，我便獨自搭火車去接她回家，見到她時，我說好想她並跟她說要帶她回家了，她開心地嘴巴上的羽毛都聳了起來。阿鐵一見情況便告訴我「她也想家了！」（我當時心中真感到安慰。）

每天我下班回到家打開門時，總是很認真地喊她的名字，但她從不回答。以前妳會在我轉動鑰匙的那一刻，開心地又叫又跳，我在門外就聽見了，這是我們的互動。現在我對Mitoly的關愛一點兒也沒少過，唯一少的是陪她的時間，但她似乎無法對我釋放她的感情。

　　最近我發現，她跟妳一樣喜歡和我親嘴。我對Mitoly說：「來！親一下。」她就會把尖尖的鳥嘴放在我的唇間。有時候，她會要求再親一次，而輕輕地叫了一聲，讓人感覺好甜蜜。

　　她喜歡從我唇間汲取「飲料」，對她來說那應該是甘露吧（哈哈）。當我喝各種口味的果汁時，她也可以分享到一些些。對此，她很愛喔！就算是原味的開水，她也喝得津津有味。幾次她還自以為是地扮起有模有樣的牙醫師，在我的牙齒上敲啄一番，煞有其事地檢查我的牙。這讓我想起妳，妳們雖然是不同鳥種，嗜好卻不謀而合，真有趣。

　　記得有一次，妳對桌上的油性粉彩鉛筆很喜歡，自己玩得開心，當我發現時，妳已經滿嘴顏料。水藍色在妳身上好顯眼，也好有趣，我快笑翻了。當時，妳還不大肯讓我擦掉，隔天在妳的澡盆中發現妳大了兩條水藍色的C形大便。

　　Mitoly就沒那麼好食慾。她喜歡吃的東西不多，也不大愛吃，只吃她的飼料和水果。體型雖然和妳相差不大，卻明顯小了一號。

　　現在已經是5月中旬了，可是卻來了一個強度不小的珍珠颱風。妳記得嗎？有一次颱風來，外面的風吹撞得落地窗碰碰響，就像再一次就會吹破一樣。天氣也變得更冷。

　　迷兒捐出一隻桃紅色的蘋果襪要給妳，我們於是幫妳製作了一件小披風，那件可愛的小披風真是太適合妳了。可是當我們將披風穿到妳身上之後，我們兩個差點笑到岔氣，還笑到流眼淚，學著妳的姿勢綣縮在地上翻滾。我的天啊！妳穿上披風後，被束起的翅膀完全失去了平衡感，被桃紅色的蘋果襪披風套住後，妳只能側身躺在地上，完全站不起來，只有頭部是翹起來的，一副妳也不想這樣的表情和姿勢，實在太好笑了。真是令人難忘的回憶。

　　颱風天最適合看出租的影帶，那時我們想到百事達去租一支片回來，妳卻不肯乖乖待在家。我只好小心翼翼地用手（不用鳥籠）帶妳出去。因為怕妳會飛走，所以把妳握在手掌心裡。

　　一路上妳抖個不停，尤其到了店裡，妳嚇得屎都拉出來了。我輕輕地跟妳說「別怕」，但妳仍然抖得厲害，害得我們很快速地挑了一支片子就回家了。

　　回到大樓的地下停車場我便鬆開手，妳輕輕地拍動翅膀，我擔心我大概把妳抓太緊了，可是妳像是第一次去遊樂園回來的孩子一樣，雀躍的心情，表現在妳小小的身體和聲音上，開心地啾啾叫個不停。

在從停車場到電梯口的路上，不斷地繞著我飛，興奮的情緒表露無遺。進了電梯之後，隨即進來了9樓的一家子，爸爸媽媽和哥哥還有一個抱著的小嬰兒。妳安分地站在我肩上像是教養很好的孩子，還輕輕地啾了一聲，跟第一次見面的鄰居打招呼。我真得很以妳為傲，我心裡愉快得不得了。

他們一開始沒發現妳，當我們要說再見走出電梯時，他們才看見。他們驚訝地直喊有小鳥，這可讓我得意極了。（雖然沒什麼，但我就是感到新鮮好玩又欣喜。妳表現的真好。）

妳真是了不起的小孩。我以為妳就是我永遠的小孩不會錯了。

現在的我有太多對妳的思念，而分不清對Mitoly是情感轉移還是思念的延續，而沒有放太多心思去了解她。妳一定認為我不該這麼對她吧！我會試著去改變我對Mitoly的態度，想辦法給她一個新的完整的愛，屬於她的。

再過幾天就是妳的生日了。我答應過妳，今年帶妳去山上玩，對不起，我得失約了。Mitoly還小，她還不能像妳一樣乖乖的。而且恐怕她一旦出了家門大概就會亂了方向。為了給妳寫這封信，我熬夜寫，Mitoly本來睡了，剛剛又不安份地在鳥籠裡撞來撞去，我常擔心她因此受傷。

David，妳的名字原本是我期待妳像男孩般活潑開朗又淘氣而取的。可是老爸他不會唸，老是叫妳「打不六」，快把我肚皮笑破了。話說回來，其實喊妳「Vi」更

恰當，感覺像個文靜柔弱的小女生。在這個時候想好好地優雅地喊妳名字時，讓我想起這件事。想順便跟妳說。

外面的雨一時是停不下來了。山上的小徑，肯定充滿泥濘。我們等夏天到時再去，好嗎？

我真心誠意地祈禱，願上天賜給妳平安喜樂。

祝福妳。

不會停止想妳的Rae May 17, 06'

ps. 妳換毛的季節到了，Mitoly的換毛季不知道是不是跟妳一樣……

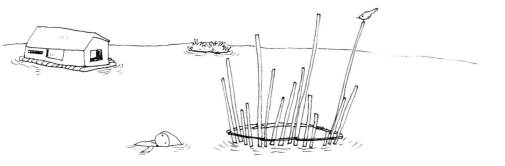

想出去走走，
　　就走吧！
生命過得這樣快。

廣　告　回　信
台灣北區郵政管理局登記證
北台字第10227號

大塊文化出版股份有限公司　收

１　０　５

台北市南京東路四段25號11樓

姓名：

地址：

縣市　　市/區　鄉/鎮

街　路　段　巷　弄　號　樓

（請寫郵遞區號）

大塊
LOCUS
文化

Future · Adventure · Culture

謝謝您購買這本書！

如果您願意，請您詳細填寫本卡各欄，寄回大塊文化（免附回郵）
即可不定期收到大塊NEWS的最新出版資訊及優惠專案。

姓名：＿＿＿＿＿＿＿　身分證字號：＿＿＿＿＿＿　性別：□男　□女

出生日期：＿＿＿年＿＿＿月＿＿＿日　聯絡電話：＿＿＿＿＿＿＿＿＿

住址：＿＿＿＿＿＿＿＿＿＿＿＿＿＿＿＿＿＿＿＿＿＿＿＿＿＿＿＿＿

E-mail：＿＿＿＿＿＿＿＿＿＿＿＿＿＿＿＿＿＿＿＿＿＿＿＿＿＿＿

學歷：1.□高中及高中以下　2.□專科與大學　3.□研究所以上

職業：1.□學生　2.□資訊業　3.□工　4.□商　5.□服務業　6.□軍警公教
　　　　7.□自由業及專業　8.□其他

您所購買的書名：＿＿＿＿＿＿＿＿＿＿＿＿＿＿＿＿＿＿＿＿＿＿＿

從何處得知本書：1.□書店 2.□網路 3.□大塊電子報 4.□報紙廣告 5.□雜誌
　　　　　　6.□新聞報導 7.□他人推薦 8.□廣播節目 9.□其他

您以何種方式購書：1.逛書店購書 □連鎖書店 □一般書店 2.□網路購書
　　　　　　　3.□郵局劃撥 4.□其他

您購買過我們那些書系：

1.□touch系列　2.□mark系列　3.□smile系列　4.□catch系列　5.□幾米系列
6.□from系列　7.□to系列　8.□home系列　9.□KODIKO系列　10.□ACG系列
11.□TONE系列　12.□R系列　13.□GI系列　14.□together系列　15.□其他

您對本書的評價：（請填代號 1.非常滿意 2.滿意 3.普通 4.不滿意 5.非常不滿意）

書名＿＿＿＿　內容＿＿＿＿　封面設計＿＿＿＿　版面編排＿＿＿＿　紙張質感＿＿＿＿

讀完本書後您覺得：

1.□非常喜歡　2.□喜歡　3.□普通　4.□不喜歡　5.□非常不喜歡

對我們的建議：＿＿＿＿＿＿＿＿＿＿＿＿＿＿＿＿＿＿＿＿＿＿＿＿

＿＿＿＿＿＿＿＿＿＿＿＿＿＿＿＿＿＿＿＿＿＿＿＿＿＿＿＿＿＿＿＿＿

＿＿＿＿＿＿＿＿＿＿＿＿＿＿＿＿＿＿＿＿＿＿＿＿＿＿＿＿＿＿＿＿＿

一起去旅行吧！
趁著風來的季節。

在生命中，

總是會遇到不同的妳，

而有一天妳們總會離開。

我們到游泳池去吧！
那裡有賣新鮮空氣，
我們都需要特別的空氣。

「又在做什麼了？」

「我只是想吹吹風而已。」

我想像自己像一隻鳥

泡在風中的飄飄然。

「大家自己玩吧！
我現在需要獨處。」
如果我純粹只想獨處，那不是故意的。

自己躲起來時，
總認為別人也躲起來了，
其實只是碰巧分開而巳。

「下雪的時候，可以邀請妳們嗎？」
「其實我們並不喜歡踩在刺寒的雪地上，
那不適合我們，夏天再來吧！」

我們總認為適時的拒絕對雙方都好，所以希望
主動的那方不要介意，下一次請繼續約我們喔。

一直在尋找一個充滿歡樂的地方，

原來就在自己身邊。

我們找了屬於自己的位置，
擺了最適合聊天的姿勢，
我們聊著彼此聊著未來，
希望就一直這樣。

不管我們各自的方向是哪裡，
我知道我們的心緊緊相繫。

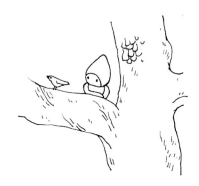

在春天，
適合盪鞦韆的季節，
我們遇見她。

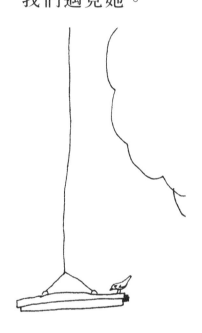

Vi

朋友的話

這個世界上最適合居住的地方就是有夢的國度。

如果對自己有一種認定，那麼就會被邀請，他會深深地把人送到心裡去。

有了夢，有了想像，身體就會開始輕輕地移動。我和你，你和我，是如何越來越靠近的？

讓Rae來告訴我們吧！

阿姐

和Rae相識不過兩年左右，但是卻有心靈相通的感覺。每當聊起周遭的人事物時，我們兩人就像是teenager似地嘰

嘰喳喳，「對呀！」「就是這樣子！」地說個不停。但是，談到生活與創作的壓力時，我們兩人卻又像是戴著灰色大

帽子的老人，被壓得抬不起頭來。

看Rae的圖文，有一種輕柔、帶點憂愁的感覺。

闔上書本，就有被了解的溫暖。

Cherry

常常Rae都低著頭在創作，我則安靜地欣賞著。Rae一發現我的存在，總會聳聳肩，抿嘴含蓄地微笑，然後緩緩

地，像是在自言自語，用「Rae式語言」在向我介紹她新創作的「小孩」。不過，大部份的時間，她只是用線條行進

的韻律在告訴我所有……

其實Rae很簡單很簡單的。

我相信，這個世界多了Rae單純美好的圖像與潛沉安靜的文字，一定會有更不一樣的溫暖存在。

Lily

很多時候，我們都希望自己像個孩子，能沒有壓力的自由嬉戲，可以無關緊要的不怕犯錯；最重要的是不用去應付

人事中各種弔詭的情緒、表情和語言。

或許可以暫時脫離那些紛擾，進入另一個簡單而深切的圖像世界……

Rae總有一本隨身攜帶的本子，裡面畫了許多日常茶飯事的塗鴉，我愛看她的線條、她的隨筆，彷彿隨著頁面的翻

動，我也能進入那一瞬間的時空，聞到那一段時光的氣味。

就像孩子般的簡單線條恣意遊走在一點點粗糙質感的米黃紙上，有時加上一抹淡彩點綴、有時是粉彩蠟筆的溫暖樸

實，或是色鉛筆的單純快樂。

Rae總有孩子式跳躍風格的自在思考，並用無敵真誠的想法呈現在她的作品中。

看到Rae這次的新作，使我想起夏天即將結束時到來的初秋。有一點涼意、有一點微笑、有一點希望、有一點關懷，和滿滿的愛。

May

電影大師費里尼曾說「夢是唯一的現實」，那麼，欣賞Rae的作品，無疑是與內心最真實的對話。

Rae是一個從彩虹那頭走過來的女孩，她的作品就像在一個寧靜夏夜裡，聆聽蕭邦音樂那般地舒服、乾淨與自然。

她就像鄰家女孩那樣友善、親切、平凡又慧黠，很多媒體以發掘台灣下一個幾米或國內的奈良美智來形容Rae，但我相信Rae is Rae，更貼切的說法為「可以預見的未來，台灣在國際插畫界畫出傳奇的Rae」。

Yira

Rae的圖真的很嚇人，跟她的個子剛好相反。

Vi跟Rae有著很深厚的情感，常常聽Rae開心地說著Vi跟她的故事。

最最喜歡看Rae模仿Vi的模樣，真的可愛。

直到Vi死了，她仍把對Vi的思念埋在內心深處。

這本書是送給Vi的禮物。 Rae，是吧？

一心

天使的詩，精靈的筆。

讓身處荒亂城市裡的人，能重新活起來。

小蓮

因為曾經跌倒，所以要奔跑；因為曾經受傷，所以要療癒；

因為曾經畏懼，所以要勇敢；因為曾經雷雨，所以要虹彩；

因為曾經黑暗，所以要有光；因為曾經深刻，所以要輕柔；

因為曾經一直都是一個人，所以要珍惜那巧遇的伴侶。

這就是Rae的世界。

張國權